写给一直在捕捉创作星火的你

灵感来自最不经意的瞬间，抓住它，就像抓住一颗流星。

——[英] J.K. 罗琳（J.K. Rowling）

写作，是与自我对话，是与世界沟通的桥梁，是一种将内在世界转化为外在表达的艺术。因为想要表达，所以想要写作。然而在这个快节奏时代，你是否曾感到灵感的枯竭，笔下的文字也平淡无奇，甚至面对纸张或屏幕，心中虽然涌动着千言万语，却不知从何下笔？

那和我们一起来启迪思想、捕捉灵感、触发创意，挖掘属于你自己的创作潜力吧！这里有着超过 600 个"小关卡"等待你来"挑战"，通过这一道道"关卡"后，或许你就能够找到打开创作魔盒的小钥匙。

打开《时光笔记》这本手册，取出一支笔，每天只需花费 10—20 分钟足矣。随着一个个练习的完成，让你不知不觉变得敢写、能写、会写。我们相信，这些小练习、小笔记，不会仅止于成为你的写作手册、写作素材本，也能成为让你甩掉烦恼的治愈工具、纾解焦虑的减压神器、净化情绪的成长笔记。

无论你是初涉创作的新手，还是经验丰富的老将，希望这本《时光笔记》能帮助你打开新的创作视野，让它成为你的伙伴，激发你的创造力，拓展你的思维边界，让你的成长之路不再孤单，充满乐趣与惊喜，最终书写出独属于你的不凡故事。

怎么回事?! 如今的年轻人好像比父母更容易掉头发……

用乐高能够建造一座城市吗?

好险,差点被我给震撼到了……

未来去跳广场舞,要用这些歌曲做伴奏!

上天为你关上了哪扇门？给你
打开了哪扇窗？

近期因为什么而烦恼？写一段
"发疯文学"发泄一下吧。

不管打算干什么先做个表格。

"早起的鸟儿有虫吃。"然而
你发现自己是早起的虫子……

你身边性格最酷的人。

赌徒都怀着怎样的心理？

今天悄悄听见了路人说的这些话……

省钱也充满乐趣。

听说过这些"令人窒息"的操作。

吐槽看过的最莫名其妙的广告。

为什么有虾滑，没有猪滑、牛滑、鸡滑？

让手机语音助手给你讲个冷笑话吧，它讲了什么？

不愧是我。

回忆一段读起来令你不知所云的文字。

不管你几岁，向三十岁的人提几个感兴趣的问题。

听说月球上好像不能种地，许多人大感失望，中国人骨子里好像真的很爱种地，为什么？

如何判断自己是不是 NPC（非玩家角色）？

童年射出的哪颗"子弹"，在多年后正中你的眉心？

在街上正常行走，一位行人突然脚软跪倒在你身前。

你认为什么新项目可以进奥运会？

你有哪些"漏财"的习惯？快改掉！

流落街头该怎么办？

眼神不好引发的麻烦能有多离谱？

给"猪八戒照镜子"接新的歇后语。

大学应该开设一门这样的课程……

一些"已读乱回"引发的爆笑误会。

古人多少岁退休？

今天一天吃了哪些东西？

你见过的有趣的标语。

"既视感"（Déjàvu），源自法语，直译为"已经见过的感觉"。记录一次你的"既视感"。

现在出国好像真的不能随便说中文了，你听过哪些以为中文"加密"而闹出的笑话？

第一个吃螃蟹的人在想什么？

----

21 世纪赛博解压神器是……

假如你可以复活历史上的一个人物，你会复活谁？

环顾四周，你目之所及有哪些颜色？

在不同的环境、场合中，你不同的"人设"。

梵高如果在世时就被认可为天才画家，他的艺术生涯会有什么变化？

女娲在捏我的时候，好像少捏了许多东西……

你有了增设一个传统节日的机会，你会增设什么节日？

小时候问过的"十万个为什么"，后来找到答案了吗？

摘抄喜欢的一部小说的开头。

你如何理解"爱是常觉亏欠"?

你认为哪款现代零食带回古代
也会很受欢迎? 为什么?

交过的"智商税"。

鲁迅是如何"圈粉"的?

生活和工作中那些看似不合理却有意外结果的"卡 bug"现象。

如果古人有朋友圈,他们会发些什么?

果然人生需要偶尔的脱缰和失控才能真切地感到自己活着。

在"真心话大冒险"中输了，受到了什么奇怪的惩罚？

养的宠物做出了这些举动，你觉得它好像要变成人了。

十分害怕《西游记》中的这个妖怪……

在修仙世界的你会通过什么方式修炼？

在社交平台上，很多时候搞笑的不是正文而是评论区，你曾经在什么样的评论区里走不出来？

你设计了一款能够翻译动物语言的软件。你和一头牛展开了什么样的对话？

送出去的第一束花。

给你正在创作的小说的 10 位主要人物起非主流式的名字。

什么才是真正的"好好休息"？

喜欢 10 年的偶像"塌房"了。

你的影子教会了你什么道理？

第一次住集体宿舍时有什么感受？

你构建了独属自己的精神家园。

从 0 到 1，要付出些什么？

听过的那些对"PUA"（精神控制）的聪明反击。

你吃过最难吃的菜是什么？

人生真的是旷野吗？旷野和轨道对立吗？

克服了这些困难、这些焦虑，为自己点赞。

看过最癫的癫剧。

突然想列一个 to do list。

朋友对你说你们活在小品的世界。

仔细观察五根手指，它们像什么？写五个比喻句形容一下它们。

最近令你印象深刻的电影或电视剧台词。

感觉自己浪费了某种天赋。

这一刻，好像明白了长大的好
处……

有哪些东西以为很便宜，其实
很贵？

有哪些东西以为很贵，其实很
便宜？

打开手机，看一看购物网站最新
给你推荐的物品，描述一下吧。

你遇到了和自己同名同姓的人。

长假被堵在高速公路上的人，在做什么？

---

30 岁的你决定学游泳，第一天就喝下许多水。

选择回家时走过的一段路，描述那段路的气味。

这本"N刷"的书，可以成为你的"人生书籍"。

这部"N刷"的电视剧，可以成为你的"人生电视剧"。

这部"N刷"的影片，可以成为你的"人生电影"。

你生活在一个只能用颜文字和语气助词交流的小镇，记录一段和其他人的对话。

目前最大的烦恼。

偶像的存在对你的意义。

向窗外望去，你看见的 5 样东西。

水和火有什么相似之处？

季节交替时身体的感受与变化。

曾经为了拒绝别人，说了一些善意的谎言。

周末被临时通知加班，"浓人"和"淡人"分别会有什么样的反应？

想象自己刚刚留学归来，母语系统好像退化了，闹出不少笑话。

你最想发明的药物及其功效。

"社恐"究竟在"恐"什么？

随手翻开词典的一页，用第 5 个至第 12 个词语分别造句。

本来在游乐园开心地游玩，突然天降大雨。

有成语接龙，歇后语能不能接龙？试着写出 5 条。

一秒钟之内能发生多少事情？

人怎样才能变得更勇敢？

你怎么挑西瓜？

令你印象深刻的文学作品开头。

哥伦布若从未发现新大陆，全球的历史和文化交流会是怎样的？

你觉得哪些东西已经贵到不值得买了？

登录好久未用的 QQ，看到了许久以前的留言。

令你印象深刻的文学作品结尾。

令你惊艳的地名。

一个人在深山生活一个月要如何度过？

老板在公司聚餐时叫错了你的名字，你如何应对？

这个故事最近令你感动落泪。

读完一本书，但什么都没记住，时间花得值得吗？

你拥有双重身份。

没头脑和不高兴成了好朋友。

别人习以为常，你却没经历过
的事。

给你的十根脚趾起名字。

被选为新生代表作演讲。

该不该向伴侣坦白恋爱经历？

好不容易追到的真爱很讨厌你的宠物，要不要把你的宠物送走？

人生好像就是复盘复盘再复盘，不如干脆来复盘一下近期生活？

你家里有什么家庭传统？

回忆一下听到过的最刻薄的话。

回忆一下听到过的最令人开心的话。

你的孩子对你说"我只想做个普通人",你如何回应?

在这件事上,还保留着"童心"。

你是一位女飞行员,你为这项事业付出很多。

"××自由"指通过拥有、行动获得满足感,你实现了什么自由?

用 5 首歌概括你生命中最重要的时光。

"失败乃成功之母。"这样看来,成功是个"妈宝",要一直在妈妈的指导下才能长大。

你被邀请为 TED 演讲嘉宾,讲述关于人生选择的故事,你的演讲会如何开场?

有人遗憾，有人圆满。

怎么看待"我化妆打扮只为了取悦自己"？

家里养的猫狗打架了，你如何在中间"劝架"？

你的奇怪同事。

你担心过晚上睡觉把小猫压扁吗?

你重病卧床半年,恢复后周围有了什么新变化?

你决定写一篇遗嘱。

讨厌的人的优点。

短视频平台现在最流行的背景音乐是什么？真的好听吗？为什么流行？

你拒绝加地铁上推销人员的微信。

欣赏的人的缺点。

你有不为人知的强迫症。

那些你看见后会立马绕路逃跑的设计。

你搭讪人的方式真的很糟糕。

面对父母催婚，你这样反驳……

面对外人催生，你这样反驳……

为这本书构思至少 15 条可写的创意条目。

你和家人的最近一通电话说了些什么？

小朋友讲话好像都很直接，从来不说场面话。

如果有让人类大脑一秒知识共享的科技，你支持吗？

你很会给别人提供情绪价值！

为一个丢了猫的人写寻猫启事。

只使用倒叙和侧面描写的表现手法，讲解如何在热带雨林安家。

作为懒人，你怎么保证上班或上学不迟到？

一名记者深夜接到匿名的提供新闻线索电话。

如果世界上真的有信息素，你会是什么味道？

你18岁，有个一夜成名的机会，该不该要？

想象一下一个高度发达的未来城市及其居民的日常生活。

续写五条：我早就想说了……

"岁月神偷"偷走了这些时光……

你定了凌晨三点的闹钟，打算记录做的梦。

列出自己喜欢的几个词语，将它们全部写进一段话中。

你是死神，但今天决定不收走这个人的性命……

写一段任意人物在任意场景下展开的中英文夹杂的搞笑对话。

观看一段电影或电视剧，挑选一位背景板人物，为 TA 写一段故事。

每一项匪夷所思的规章制度背后或许是一次惨痛的教训。

体验最喜欢的动漫主人公的 3 天，你会选择谁？为什么？

独居后发现的生活常识。

如果有一天，你成为自己喜欢的漫画家笔下的人物，你希望是怎样的一个角色？

看不上眼的相亲对象对你说："人生就像一盒巧克力，你永远不知道下一颗是什么味道。"用幽默调侃的语气回复 TA。

想象从中国最东边坐火车到最西边，会经历的一路风景。

这代年轻人，好像不是很喜欢接电话。

如果世界没有电……

遭遇一场大火该如何逃生？

离下班还有两分钟领导通知开会，而你已有了非常重要的约会，
写五句回复领导的话。

科技改变人类生活。

还记得没有手机时的一天是如何度过的吗？

---

15 个字之内，讲一个令人心酸的故事。

秦始皇其实发现了长生不老的秘密，他将秘密藏在了兵马俑中，等待当代考古学者发现。

你是大航海时代的一位海船船员，一天，你们的船只碰上了海盗。

你理想中的养老之地是哪里？

你是大航海时代的海盗，一天，你们打劫了一艘船。

挑选一位喜欢的文学人物，以 TA 的口吻写你的一天。

你想成为梁山 108 位好汉中的哪一位？你和这个人有什么差距？

如何理解"道可道，非常道"？

给最喜欢的神话故事里的人物写一首赞美诗。

为一家新开业的餐厅设计一套
菜单，强调地方特色。

使用合计 8 个明喻或暗喻，描
写天气很好。

讲述一个关于海洋生物的奇幻
故事。

煲汤。

你有没有过不去的坎儿? 是什么?

你和朋友、一只狗、一个小朋友被困在电梯内 5 小时。

想象中世界上最好的工作。

想象中世界上最糟糕的工作。

你发现自己身上有父母的影子。

沙漠里会不会发洪水？

打算给自己订制一个手机壳，
它会是什么样子？

你是长了驴耳朵的国王。

你是听国王倾诉的树洞。

现在正看的电视剧中，主角都留着什么样的发型？

还记得自己高考那年的作文题目吗？你写了什么？

今年和去年的高考作文题目是什么？你会怎么写？

一个人在雨天捡到一只刚出生不久的小奶猫。

婚姻幸福，某一天却有另一个人闯入你的视野……

你是如何把自己重新养一遍的？

立过但倒下的那些"flag"。

你身上有一处长期酸痛，向医生描述这种感觉。

作为一名测评博主，你最近测评了功效相同但来自两个品牌的护肤品。

朋友打来语音电话，称昨天经过法院，看见你在往里面走，你去做了什么？

见到了所租住房屋的下一任房客。

怎么搞副业越搞越穷了？！

emo 的时候被哪些话治愈过？

夜跑归来的你带了这些好吃的回家。

抠门的你怎么要回随出去的份子钱？

穿的衣服也会影响一个人一天的心情、决定。

你读的专业能在《甄嬛传》里为甄嬛做些什么？

胡说八道给你带来过什么乐趣？

某天意外发现自己的邻居是一位退隐的大明星！

低物欲生活也能收获快乐。

你有哪些避暑"神器"？

为什么冲洗沐浴露泡沫以后总觉得没冲干净？

你有哪些过冬"神器"？

一辈子不可能忘记的 5 句话。

以鸟鸣为开头，写一个故事。

"水逆"的你选择怎样转运？

AI 会取代如今的大部分工作吗？为什么？

想来一次说走就走的旅行，你可以找到几个一起去的伙伴？

身为 E 人，有没有希望自己是 I 人的时刻？

身为 I 人，在哪些场合你必须伪装成 E 人？

你最好的朋友是什么样的人？

适合懒人的生活经验。

为自己挑选一件能代表个人特色的物品。

一颗陨石小碎片坠落在一片森林中，释放出让植物瞬间进化的神秘物质，这是什么物质？植物又进化成了什么样子？

描写买下最想要的东西时那一刻的喜悦。

你知道的那些职业病。

在网上评论吃瓜，重塑三观。

写一段适合在庄重场合表演的单口相声。

脑海中关于这个世界最早的记忆。

在地铁上碰见外国人，你太想练英语口语了，鼓起勇气搭讪，于是你们展开了一段你一辈子也不会忘记的搞笑对话。

脑中最先记起的 8 个英文单词，用它们对应的汉语写一则 150 字左右的短故事。

在漂流瓶中放入一张写着以下文字的纸条，将瓶子扔进海里。

你拥有哪些独属自己的仪式感？

早上醒来，发现自己性别变了，第一件事会做什么？

有什么只有你家乡人才懂的家乡话？

下班回家的你往沙发上一摊，听见很大的一声："好重哇！"

你有什么能令自己幸福并长期坚持的小爱好？

你坐在屋顶和星星聊天。

如何度过孤独的时刻?

逛动物园时，不小心掉进狮子坑。

最想收到的生日礼物。

不考虑成本和回报，你会开一
家什么店铺？

父母对表情包的回复好像都很
认真。

给过去的自己写一封信。

什么地方能给予你安全感？

海岛上可能缺水吗？

许多回忆里的美好，为什么后来再接触却没有当时的感觉？

最糟糕的一次绿皮火车乘坐体验。

朋友剪了一个失败的发型，你如何安慰 TA？

你对三十六计中的哪一计有了解?

地球上的手机一夕之间全部消失。

你为黑暗创作了一首诗歌。

如何迅速融入新环境?

永远不要从百岁老人那里获取健康和生活方式的建议？

尝试发明 3 个网络新词，并解释意思。

你知道哪些南北方差异？

你和树之间的相同点和不同点。

那些听过的有趣的名字、昵
称……

你觉得自己像哪本小说中的哪
个人物?

如何扮演好玉皇大帝?

这句话曾给你力量。

这个人曾给你力量。

对此时网络热搜总榜的第 42 条热搜有什么看法？

为什么拒绝的话好像很难说出来？

不想再熬夜了。

《天龙八部》中三大主角外令你印象最深的角色。

你手机相册里的第 19 张照片是什么?

你是一场重大事故的重要目击证人,如果出庭可能会威胁自身的人身安全,你会选择出庭吗?

"爱"与"被爱"哪个更幸福?

沙漠里如何养鱼？

描述一下一周七天，每天的味道。

你的灵魂会是什么形状？

见过的最美的黄昏。

试着赏析《诗经》中的第 17 首诗。

雪天里和好朋友一起散步时你们讨论些什么？

一直受人尊敬的人做了一件很有"割裂感"的事……

你丢过什么物品，简单描述一下吧。

你的人生座右铭。

如何能放心点外卖?

讲一件你现实生活中戏剧化的瞬间。

"自由"会不会带来"副作用"?有哪些"副作用"?

还记得小时候家附近最大的一棵树长什么样子吗?

有什么你知道的有用但不多的冷知识。

曾经很喜欢,却停产的产品。

给 18 岁的自己打一通电话,限时 5 分钟,你会说些什么?

你的家乡近十年有什么变化?

用 3 本书描述你的昨天、今天、明天。

如何分辨一个人是不是真的爱你?

用荒诞滑稽的风格,描写一下从北京去往上海的路程。

如何解释"羁绊"？

不提雨，描述一场大雨的情景。

试着回想一下学生时代，对"打工人"称呼的想法。

现在网络读书榜单第一名的书是哪本？

你觉得如今有什么简单的事情被复杂化了?

一位大明星的经纪人的一天事务清单。

只是在假装大人罢了。

一位教授给手下研究生的论文的评语。

这些"坑",不想再踩一遍。

你心目中的史上五大烂片。

你心目中的史上五大佳片。

如果武则天是你的母亲。

经常光顾的早餐店的老板，一天可能遇上哪些人？

事实是否真如萧伯纳所说——时髦仅仅只会引起流行病？

以"你知道我在说些什么"为开头，写一篇悬疑小故事。

删除一条朋友圈之前，你有哪些心理活动？

分别用 3 个词语描述一下你的
每位家庭成员。

一个永生者在世纪更迭中不断
寻找生命的意义。

每个人都有自己的阴暗面……

用一句话讲《红楼梦》的故事。

用一句话讲《西游记》的故事。

用一句话讲《水浒传》的故事。

用一句话讲《三国演义》的故事。

你知道哪些提高记忆力的方法？

平时上班或上学都是这么摸鱼的……

老师怎么看出学生作业是抄的?

你接到过的最离谱的电诈电话。

每天上班路上都会碰见的"上班搭子"。

第一次到健身房锻炼的经历。

作为一名经纪人，你带的艺人被爆料在片场要大牌，如何进行危机公关？

这件事最近令你感到快乐……

严寒日发生的故事。

酷暑天发生的故事。

你靠自己赚的第一桶金。

你想和谁交换人生?

望向窗外,发现树上一片泛黄的树叶,你知道秋天来了……

日常生活中，该如何让自己保持有趣？

面试时发现面试官是自己曾经的同学。

想象自己是一家上千人公司的高管，你一天的行程安排。

《名侦探柯南》中令你印象深刻的犯罪手法。

嘈杂的宴会厅在一位女士进场后鸦雀无声。

若是得了这个病，你宁愿离开这个世界。

你和另一半吵架了，你打算这样哄好 TA……

和长辈相处的妙招。

以"平静"为主题写一首歌词。

放假回家，你找到了小学时写过的同学录。

你打开以前在 QQ 空间写下的文章，读到一半尴尬得脚趾抠地。

饥肠辘辘地走进一家饭店，发现几乎客满，如何找一张桌子拼桌？

10 年后，你的社交状态会是什么样子？

你理想中伴侣的相处模式。

快乐其实很简单？

作为职场新人，明显感觉到领导及老板不喜欢自己，要不要辞职？

另一半用心送的礼物你不喜欢，要不要告诉 TA？

----

5 件你宁愿不知道的事。

----

5 件你后悔告诉过别人的事。

每次放假前的一天都是最难熬的，只能讲几句"鸡汤"安慰自己的大脑。

为什么说不要轻易和父母开玩
笑?

给你认为的灵魂伴侣写一封信,
而 TA 并不是你的另一半。

给上面的信回信。

朋友给你分享网络上的爆笑视
频。

你终于勇敢了一次……

这些东西，给了我安全感！

在异国他乡迷路，你不会当地语言，当地人不懂中文，如何找到
回去的方向？

那天 TA 突然情绪爆发……

对你意义非凡的一张老照片。

你身边最旧的一件物品。

把另一半拍得好看，需要什么技巧？

小狗在梦中抽搐吼叫，它梦见了什么？

是否能通过努力，后天博得运气？

写下关于高中数学老师的回忆。

写下关于小学班主任的回忆。

和家里的小猫咪说话，猛男也会用萝莉音。

向客人推销最近公司新推出但评价不高的一套护肤品。

假如你是个外星人，你对地球有什么印象？

感到压抑后，该通过什么方式释放情绪？

如果你是猩猩的后代，你为什么不爱吃香蕉？

用说明书的形式，讲述一道食物与某种情感的纽带。

灵机一动，发现了戒掉手机的好方法！

夕阳无限好，只是要加班……

你潜水时看见了奇妙的海底世界。

你突然获得隐身三天的能力，这三天你会做些什么？

和朋友展开一段各聊各的却莫名能前言搭上后语的对话。

想象一下航天员的一天。

你正在策划一套环保主题的儿童绘本，写下大纲吧。

大半夜你突然被朋友的电话吵醒，TA 说你登上了网络热搜，话题"爆"了，发生了什么？

假如给你五百万让你放弃清华北大的录取资格，你愿意吗？

某天你收到 20 年后的自己发来的人生建议，要不要看？

古代皇帝们来到现代，将如何推行他们的治国理念？

打开手机音乐软件，找到第 23 首歌曲，用第 15 句歌词，扩写一个故事。

回忆一次搬家或者离职或者分手的决定，如果当初换了一种选择，你现在是什么样子？

想象自己是一位灵感枯竭的作家。

刻在 DNA 里的行为。

多晚发现自己的热爱，都不算晚！

你觉得世界上最古老的树是什么样子？

以"那是我第一次喝醉"为开头，写一篇故事。

见过最令人厌烦的规定是什么？

领导让你为 20 人的会议准备茶歇，你准备了这些……

在电视上看见自己的通缉令，怎么回事？

一名男子正在礼堂中慷慨激昂地演讲，人群中突然发出一声爆笑。

当"小镇做题家"考入名校。

外出游玩时发现一位古人的墓碑，上面写着"文正公，字端雅，号静思，生于盛世，长于书香……"，后面的文字残缺了，将它补充完整。

穿越到了古代丝绸之路上，碰见了有趣的人和有趣的事。

你的左眼和右眼平时会有什么样的对话？

中世纪的欧洲，一个巫师、一个骑士和一个魔法师在寻宝路上偶遇。

独属于东方人的浪漫是什么？

独属于西方人的浪漫是什么？

三星堆中挖出了什么文物，让你仿佛看见未来世界？

平时少见少听，但你知道后很受震撼的诗歌词句。

有名人说经验是痛苦的结晶。又有名人说经验是从痛苦中提出的精华。想获得经验，一定要经历痛苦吗？

将灰姑娘的故事替换到东晋时期的背景展开仿写。

这一刻，突然明白语文课本上要求背诵诗词的意义。

列出 7 种可以在家制作的健康早餐美食。

假如你是林黛玉，给曹雪芹写一首诗，问他最后究竟给了你怎样的结局。

你的宠物生了重病，你决定给它安乐死，描述作出这个决定前内心的挣扎。

寻宝。

获得诺贝尔文学奖的作品中，哪部作品令你印象深刻？

因为什么还在坚持上班或者上学?

室友背着你说你的坏话,被你听见。

小朋友被欺负了,应该鼓励打回去还是告诉老师?

你有没有无法原谅的人?是谁?为什么?

你过够了按部就班的生活，决定……

今天什么事也没有做，又发呆度过了一天。

买了一台新的扫地机器人，写一下使用说明书。

你用打火机点燃了什么？

被闹钟叫醒的前一刻，你梦中最后的画面。

附近的商场倒闭了，什么店铺又新开了？

目睹校园欺凌，你会怎么做？

此时此刻的你在想什么？

掏心掏肺对一个人好，最后换来的是什么？

网络流行的"科学育儿"，是否只是都市传说？

毕业了即将各奔东西，该不该了结遗憾？

最近总是听见住的周围有敲敲打打的声音，甚至影响了你的生活，你打算向物业反映这个情况。

那些"扁平化、脸谱化"的主角与反派分别是什么形象？

犯下某个错误向别人道歉。

辅导孩子写作业几乎崩溃的父亲，接下来会做什么？

人和人的差距可以大到离谱。

你正在进行街头采访直播，突然背景里一个男孩向女孩求婚，向网友们讲解现场画面。

以 1983 年的广州为背景写一篇短故事，"一辆自行车"在其中发挥重要作用。

窥探前任现在的生活，好像破防了。

如何对抗"委屈感"？

你被同事推出去顶包，承担本不该属于你的责骂，你解释并回击同事，同时给出解决方案。

有一个不推销卡、不多说废话的"Tony"是什么体验？

你有什么无法对父母说出口的秘密？

你依然决定成为坚定的理想主义者。

失败后，如何重拾信心？

用土豆做几道不同的菜品。

这一分钟，地球上可能灭绝的物种和可能被新发现的物种。

你理想中的生活是什么样子？

以陌生人的口吻采访你非常熟悉的人，问题中包含三个你们从未
交流过的事宜。

被录取了，但没有收到大学录取通知书，该怎么办？

一直以来的"老好人"情绪失控，是什么原因？

不小心将公司内部的成本计价单误当作报价单随邮件发送给了客户，邮件不可撤回，怎么办？

用搜索引擎搜索自己的名字，概括一下前三个词条分别写了些什么。

每个时代好像都有属于每个时代的"时代病"，当下的"时代病"是什么？

对很多东西都"祛魅"了。

你创造了只有自己看得懂的语言，并写下一段话……

近来你对以前深信的人生哲理产生怀疑。

如果可以掌握一种手艺或技术，你想学习什么？

如果这位超级英雄是你的朋友……

和朋友最有趣的聊天记录。

很羡慕朋友的超绝松弛感。

观察一下自己的饮食习惯。

你会对平行世界的自己说些什么?

小时候做过的最令自己得意的事。

如果《驯龙高手》的故事发生在中国。

被困在无人岛。

假想你有一位现实中不存在的好朋友，可以不是人类。

最无法忍受的声音。

耳熟能详的 6 段顺口溜。

假如孔子活在现代，他会从事什么职业？

想起来会微笑的人生定格画面。

和朋友吃完晚饭后，回家用朋友的语气写作，以 TA 说的话开头，以 TA 说的话结尾。

有哪些让人不慎暴露身份的行为？

如何搭讪你在美术馆看见的看起来很像艺术家的人？

得知一个不该被你知道的秘密。

你会如何向盲人描绘彩虹的颜色？

列出 10 种可以在家进行 DIY 的手工艺品。

你的肢体语言塑造了你是谁。

人睡觉时为什么偶尔会突然动一下？

拿起你手边的一本书，翻开第 23 页，对第 2 个自然段进行仿写。

为何有人鼓励你"有志者事竟成"，但也说"命里有时终须有，
命里无时莫强求"？

你是一名值夜班的警察，接到一个小朋友的电话，向你哭诉作业
写不完，你怎么安慰 TA？

看见。

假如秦始皇没有灭六国，中国历史会如何发展？

给即将步入职场的你写下 5 条建议。

假如拥有"哆啦 A 梦"。

想象世界胡须锦标赛中，可能会看到的各种奇怪胡子造型。

父母有自己的生活智慧哲学。

刷到一篇讣告，想象这个人的一生。

别人都在放声大笑，你却想哭泣。

选一则成语故事，阅读前面 2/3 的内容，最后 1/3 由你续写。

描写一次"华山论剑"。

一个人也能很好地生活。

现在的社交账号昵称的由来是什么?

将李白的《静夜思》续写成八句。

历史上的今天发生了什么？

详细描述你心目中的盖世英雄。

被别人"贴"过的"标签"。

《甄嬛传》中的哪个人物最令你意难平？为什么？

如果由你来定十二生肖，你会定哪些动物？为什么？

公司生产的某批次钢笔漏墨严重，领导让你写一篇召回公告。

日常生活中最常见的15件物品。

钓鱼时会想些什么？

因懒得福。

不长大的好处。

长大的好处。

你老家有哪些特产可以走出家乡，走向世界？

想象小朋友第一次拿画笔画的东西。

你对"幸运"的定义是什么？最近有没有幸运降临？

吃火锅时不小心将油溅到身上，为此写一个"震惊体"新闻标题。

自恋的人有什么特质？

自卑的人有什么特质？

为好朋友写一首藏头诗。

解释一下你理解的钝感力。

这个问题，或许再也得不到答案……

奥运会某位运动员获得金牌，写一篇体育新闻进行报道。

抖音上你印象最深的一条变装视频。

对"键盘侠"的看法。

描述一下现在耳边的声音。

这些东西，买二手的也不错……

用 3 个名词搭配不同的感叹词和拟声词写一段对话。

在自传的开头你这样写道……

那些耳熟能详的中式英语。

那年今日，你身上发生了什么？

什么是健康的关系？它具备哪些特征？

单身的 5 个好处。

你曾经常做，现在不再做的事。

你曾经不做，现在经常做的事。

以第一人称描写自己在找重要的东西。

坐在路边咖啡厅观察路人的有趣装扮。

坐火车发现自己的座位被占了，对方不愿意让开，怎么办？

第一次看见流星从天空中掠过。

讲一则并不有趣的有关"谐音梗"的笑话。

享受一刻自由……

有什么话你当时没听懂背后的含义，事后想起来十分后悔？

希腊神话中赫拉克勒斯要完成的十二项任务，你认为哪项任务最艰难？

50 年后，人类迎来淡水资源匮乏的时代。

为最喜欢的一首纯音乐填词。

"攒钱" 对普通人来说真的很重要。

你知道哪些与身体部位相关的
歇后语？

12 月 31 日 23:59 分，你许下
的新年愿望。

最近收获的小惊喜。

猫头鹰晚上都看见了什么？

在最熟悉的地方，迷路了……

对母亲讲赞美的话。

真的有因果报应？

宇宙的尽头是哪里？

用第二人称描写乘坐地铁或公交时，碰见过的最尴尬的一件事。

一边听着不喜欢的音乐，一边记录你在想些什么。

一边听着喜欢的音乐，一边记录你在想些什么。

是什么支撑你走到今天？

橙子为什么常常装在红色网兜里卖?

最后一次落泪是什么时候? 因为什么?

你养的宠物狗做了"坏事", 你是如何抓包的?

你是否能平静地接受他人的评价与批评? 如何做到?

这是在熊猫眼中它一天的生活。

一节车厢内，每个人的装扮与状态。

写一篇关于花露水的广告脚本。

你的"万能糊弄词"有哪些？

手机相册里你笑得最开心的那张照片是在什么情况下拍摄的?

聪明人当不了好老师?

一件看似荒诞又在情理之中的事情。

如何教育自己那看不起清洁工的孩子?

一次独自看病的经历。

用一种水果形容你周围的人。

文学对你的影响。

给你最近读的一本书写一篇书评。

你的童年阴影。

妈妈做过的新奇菜品。

用一个词形容你目前的生活，解释选择这个词的原因。

向爷爷奶奶介绍什么是微信，如何使用微信。

相亲 100 次是什么体验？

人时常感到迷惘，迷惘有没有
意义？

夜晚你睡着后，你的玩偶会想
些什么？聊些什么？

如何搭讪你在行业大会上见到
的行业大佬？

社交好像真的很费钱？

红包能代替礼物吗？

有人突然对你说觉得活着没有意义，你送 TA 一句什么话？

如果有重新来过的机会，你愿意成为超高智商但低情商的人吗？

你是这一封分手信的接收人，
细致描写你收到信后的感受。

家长群内其他家长都在吹捧老
师，你会不会跟风？

写一封分手信，向即将出国读
书，不知道什么时候回国的另
一半提分手。

其实你是烹饪界的"艺术家"。

微信已读不回的人什么心态?

现在的小学生,和你小时候有什么不同?

现在的小学生,和你小时候有什么相同?

生活中让你怦然心动的三个时刻……

别人觉得枯燥重复，但你觉得
别有生趣的事情……

你同陌生人的一次善意交流。

你与好友的一次深夜长谈。

令你受益匪浅的一次和长辈的
谈话。

你对大海有什么印象？

一位女士费劲地把几个大箱子塞进汽车后备箱，她的丈夫只是坐在车里。

在公交车上和朋友小声讨论前座，以为 TA 没听见……

你是一位处理离婚案件的律师，为你的客户争取其宠物的监护权。

公园早起锻炼的大爷大妈们都有自己的独门绝技。

现在的人为什么那么爱看演唱会?

养了许久的猫居然开口说话了，它第一句话说了什么?

你最喜欢的 5 种薯片的味道。

中国下一艘航空母舰应该叫什么名字？为什么？

身边最有幽默感的人是如何经常逗笑你的？

限时10分钟，写一写婚礼上新娘走向新郎时，新郎在想些什么。

限时10分钟，写一写婚礼上，新娘走向新郎时，新娘在想些什么。

因为调休，昨天是周一，今天
还是周一……

你会想和一群陌生人度过周末
吗？你们会一起做些什么？

给你的某个坏习惯找借口。

不松弛，也可以享受生活。

选一件和你一起乘坐时光机的物品，为什么选它？

在高度工业化的未来世界，最后的自然守护者保护着最后一方自然净土。

蒙上眼睛，大象鼻子转三圈后，手指指向中国地图上任一地点，这是哪里？这里人文地貌如何？

如何在早晨快速清醒？

被一群野狗围堵。

还记得"火星文"吗？用"火星文"写一条朋友圈。

你记得的那些看一眼就忘不了的有趣网名。

古老传说中的生物，如龙、凤凰或独角兽突然出现在现代社会。

好喜欢逛超市，就算不买任何东西，也很开心。

这通令人伤心沮丧的电话，你希望从未接到过。

期盼已久的电影终于上映，影片质量完全符合你的期待，于是写了一篇影评推荐大家观看。

假如一个月后就是世界末日，作为唯一知情人，你会不会告知周围人这个消息？

进入选美大赛的决赛，被采访时你会说些什么？

有什么看似毫无关联，但连接在一起却莫名合适的歇后语？

如果可以有 gap year，想去做些什么？

你是被系统控制的反派男配或女配，正在挣扎着摆脱系统，活出真正的自己。

你接到一个电诈电话后同对方聊起家常，最后令对方破防主动挂断。

你正在涂口红，突然同事说："你的口红和我前几天丢的一样啊！"如何高智商回应？

你进入了最后一轮面试，面试官在你和另外一个候选人中纠结，为自己拉票。

以 30 分钟为一个单位，描述你周末的晚上。

你对哪部电视剧的结尾不满？
你理想中的结局是什么？

描述动画片《猫和老鼠》中的
一集。

以流浪狗的视角，写一个短篇
故事。

你的母校有什么变化？

经常会想：我真的不是被父母隐瞒的富二代吗？现在的生活都只
是磨炼……

长辈对表情包有自己的理解。

周末，你在博物馆里看了一场有趣的展览。

一个人吃火锅、唱 KTV、看电影也太爽了！

北宋时期，一位天才发明家在开封城地下建造了一座机械城，城中到处是自动化设备和机械装置。

复述哪吒的故事，不能出现哪吒、三太子、扒皮抽筋、怀孕三年、托塔李天王、藕这6个词。

机会是蒙面的贵人，面对"机不可失，时不再来。"的一次选择，还要"三思而后行"？

失落的文明，有没有东山再起的可能？

以讲解员的身份，向参观者介绍"清明上河图"。

分享近期看过的好书、好剧或好电影。

奶奶有一个年代颇久、上着锁的小木箱，里面装着些什么？

你决定明天就开始减肥。

提到愤怒想起的 5 个词，用它们写一个关于愤怒的故事。

用 VR 眼镜玩了一场体验特洛伊战争的游戏。

尼罗河如何滋养古埃及文明？

你现在最想见到的人。

一直是一名默默无闻的小演员的你，终于在 65 岁那年获得了影帝 / 影后称号，你的获奖感言说了些什么？

最近去云南旅游，在小红书写了一篇旅行指南，获得 10 万 + 的阅读量。

浪漫的诀别。

不要相信牙医说的"疼就举手"！

向幼儿园的小朋友介绍二十四节气。

最近生活和工作令你有些力不从心，你决定调节情绪。

打了个喷嚏。

你是个调查记者，卧底到一家奶茶店调查食品安全问题。

三毛为陷入困境中的人提建议："遇到不能解决的事情，去问孩子，孩子脱口而出的意见，往往就是最精确而实际的答案。"你最近遇到什么难题？或许可以找个小朋友来问。

你积极为环保做贡献。

听过的最动人的情话。

成年后，随着时间推移，你的外貌气质也有所改变。

写10条自己的优点，你是最棒的！

10年之后，手机还会存在吗？

假如你快走到生命的最后一刻，你会和家人、朋友说些什么？

你被哪个"回旋镖"打到过？

世界对父母来说变化太快，他们只能给我打电话。

为了自律，买过的吃灰物件。

与魔鬼的交易已不再像从前。

你的空瓶好物分享。

年轻人真的是"没福硬享"吗？

你做过哪些"主动一次换来终生内向"的举动？

把地铁拉环拽下来了，当场社死，脑子里闪过了 1000 个想法……

驾校教练怎么给你"打鸡血"的？

学生时期答卷上写过什么爆笑答案？

人如何看起来"潇洒"？

"摸鱼"工作，但被领导当场抓包。

一年到头总穿的几件衣服是什么款式？

一年到头总穿的几双鞋是什么款式？

因为没仔细看商品信息，网购到一些令人迷惑的产品。

你兼职或者实习的时候有没有发生过什么"抓马"事件？

脑子好想出去"City Walk"，但是身子懒得动，是什么心理？

打算这样装修自己的房间……

如何提高自己的"配得感"？

提到"自由"想起的 5 个词，用它们写一个关于"自由"的故事。

形容一下你的"Crush"。

还有哪些诸如"给松子开口""给草莓点籽"的有趣工作？

网上哪类视频你可以刷一天？

你小时候有没有问过令人啼笑皆非的问题？

你走进那家最喜欢的餐馆，发现自己的对头正在吃饭，你还看见了什么？脑子里跳出了什么想法？
